詩集

春は……

小林由美子

砂子屋書房

＊目次

装本・倉本　修

詩集　春は……

春は……

振り返ると
足跡はなかった
ずいぶん　長いあいだ歩いたはずなのに

前を行くあなたの後を
辿り
たどり
歩き続け
ずっと先までついていた筈の道標《みちしるべ》が

見えなくなった
周囲《まわり》の変化に心乱れているうちに
気がつくと
足元が変わっていた
歩いている道が変わり
足跡もなくなり
私の足跡を探す者もいない

　春は黄色い花からはじまるのよ
ポケットに残っていた
あなたのこの言葉だけが
私のいまいる場所を教えてくれている

過ぎゆく春

素直じゃない人ばかり集まって
本当がどこにあるのか
そんなものはないのか
あるのか
思いが絡まって
感動も行き場をうしなって
そんななかで春が過ぎていった

素直じゃない人ばかり集まって
難航した調整は
とうとう不調に終わった

いくたび　春を見送っても
手にあまる何かを
確認することのできないもどかしさは
膨らみ
想い
思いは絡み合ったまま
遠くに薄れていく

こおろぎ

父の新盆を済ませほっとしたころ
どこから来たのか
なぜここにいるのか
キッチンのシンクのなかに
コオロギが一匹
深刻そうな顔で朝日を浴びていた
朝のシンクは忙しい
そっと水を流してみる

彼は流されないように端のほうへ移動し
ステンレスの壁を登ったり
ずり落ちたりしている
不器用な様子に同情して捕獲しようとすると……
飛ぶのだ！
彼には羽があった！
それでもシンクのなかで不器用なふりを続ける
しかたなく
キュウリを差し入れてみたり
そのうえに鰹節の粉を置いてみたり……
熱湯は流さないようにきをつけて……
四日間が過ぎた夜更け
ようやく彼は庭へ帰っていった

その後一ヶ月ほど
シンクの排水口のなかに光が届くと
かならずコオロギが鳴いた

父が
慣れない初めてのお盆に
何か
忘れ物をしたのだろうか

梓川

ケショウヤナギが色を添える
川沿いの雪景色は誰も寄せつけない
凍るような水音は
周辺に息づく生命の存在を
遥か遠くまで伝えつづける

わたしが落葉を縫い合わせて作った
ふんわり布団は虫たちを守っているだろうか
わたしが拵えた森の基地で

うさぎは無事に冬を越すだろうか
彼らは賢い
そんなものいらない

背丈の低い山の上の植物たちは
重い雪の下で花々の準備をしている
春が来ることを疑わない
怠ることなく体勢をととのえて
つぎの季節を待つ

迷うことなく身を処す生命のみごとさと
淡々といさぎよく決断する節理は
今、不安そうに循環する

街並

衣装ケースの奥で
お花畑のような箱がじっと目を見ひらいていた
蓋をそっと開けると
店名が入った布巾や手拭い達が眠っていた
一枚一枚
声をかけて起きてもらった
祖母や母と共になじんだ
たくさんの懐かしいお店が
それぞれの匂いを連れて

布切れのまえに立ち上がってくる
まだセピア色にもならない記憶が
さらさらと
ゆっくり通り過ぎる

二十枚も三十枚も
積み重なった木綿の布たちによって
忘れていた街並が浮かび上がり
忘れていた暮らしが蘇る

ここに名前があるお店はいま一軒もない
新しくできた施設は
布巾や手拭は配らない

罪悪感

少し離れたところに
重く蹲っていたあいつが
最近シャボン玉のように軽くなって
なんだか可愛くなって
そこ、ここを飛び回る

美味しいおもいをすると
シャボン玉は大挙してやってくる
エレベーターに乗っても

車に乗っても近寄ってくる

可愛いやつでも
はじけるとまとわりついて
化学反応をおこしストレスに変わる

仕事の合間にゲームをしても
シャボン玉は見逃さない

美容に悪い
健康に悪い
効率が悪い

楽しみをストレスに変える

反応はどこからくるのか
生命の発生から終焉までをコントロールしはじめた人間社会から
立ち去ろうとする
神様たちからの
置き土産かもしれない

どこまで戻ろうか

まあるい的を
一直線に刺し通す矢のように
循環するこの星のうえで
なんだかヒトだけが一方通行

進化なのか退化なのか
よくわからない変化は
この星をどこへ連れていくのかと
考え深いふりをして
君子蘭の花茎を測ったりしている

この星に住むものとして
してはならないことがつぎつぎと可能性になる

核のボタンも
クローン人間も
生物兵器も……
増えていく可能に縛られる
護身用ナイフは
ときとして惨劇をうむ

どこまで戻ろうか
ロンドンにガス燈がともっていたころ
シャーロックホームズの時代がいいな

雨あがり

ようやく雨があがると
アスファルトの路面はすぐに乾きはじめた
用水路に面した一角に
長いあいだ　乾くことのない箇所がある

パイプの繋ぎ目から滲みでる不満や後悔は
しばらくのあいだアスファルトの窪みにたまり
いつとはなくその割れ目から
地中に消えていった

だれかが善意で巻きつけた白い包帯が
滲みでるものに混じる
鉄錆を際だたせている

パイプのなかの流量を管理しようと取りつけたカメラが
なかで渦巻く感情を映しだした

ひっそりと土に還っていた不穏な渦巻きが
鮮明なかたちでひとびとの前にあらわれ
市民権を獲得しはじめた

蛇口から勢いよく吹きだし
しぜんな会話に潜りこむ日も近いかもしれない

電車に乗って

たくさんの切符をポケットに詰めて
新幹線に乗りこむ
乗り換え
下車するたびに
切符は自動改札機に吸いこまれる
曇り空も
諍いも
一緒に吸いこまれる

約束された旅は忙しい
約束した電車は待ってくれない
無為な時間を楽しむ余裕もない
交通手段は磨かれ
所要時間は半分になった
余るはずの時間も改札機に吸いとられる

三日後の夕刻
此処に戻って
最後の切符は安堵とともに吸いこまれた

そしてなにごともなかったかのように
三日前の続きが始まる
数日分のわずかな段差をかかえたまま

或る朝

明日の朝
もし目覚めたら
どこへ行こう
何をしよう

行かなくてはいけないところ
しなくてはならないことに
今夜は押しつぶされてしまうかもしれない

四角い箱のなかに
丸い包みを収納しようと
汗を流し
降ってくる蟬しぐれのような声に
なんとか応えようと
右往左往し……

東の窓枠に入りきらないほどの朝日が
部屋のなかになだれ込んでくる
カンナの花が
音をたてて開く

行かなくてはならないところ
しなくてはならないことが

朱い花の背後に
行列をはじめた
長い一日が始まる

循環

〟もう行かなくちゃ〟
あの時
母の唇が　そう動いた
それ以来
流れる水も
季節の野菜も
虫たちも……
〟もう行かなくちゃ〟
と日々別れを告げるようになった

耳の奥で渦巻く風も
また新しい春が来ることを教えてくれる

さらさらと
とろとろと

入れ替わり
循環する空間は
内包するあたりまえの目まぐるしさと
あたりまえの残酷さを
ときおり
優雅な円窓に映し出す

紅葉

イロハモミジが紅葉をはじめた小春日和
花瓶のうしろで色褪せていた木箱を開いてみた
たくさんの後悔が消えることなくわたしを見つめ続けていた

モミジはこの夏の暑さを抱えきれなかった
上の一部が茶色になっている
長いあいだ　閉じこめた思いを
暖かい
明るい陽射しのなかで手に取り

ひとつ　ひとつ　やさしくほどいてみる
わたしが間違えたあの場所
行きすぎた角
傷つけた時間
どこに戻ってみても
訂正する方策がみつからない

かぎりなく続く
正解のない問いにむきあうことはむずかしい
まだ自分が自分であったころの試験が懐かしい
疑いのない正解にたどり着いた

ドウダンは燃えあがり
気まぐれなモミジは

一枝だけが黄葉をみせる年もある
不器用な枇杷は
堅い大きな葉を落としつづける
落ち葉が降りしきるころには
風が吹くと
小さな龍田川が出現して美しい
自然は
正解のない問いにも
迷うことなく立ち向かう

やさしい逃避

どんなことでも
どんなことでも……
笑顔で
パクッと受け入れる場所ができたと
あなたは言った

いつの間にか
心のなかに柔らかい場所ができて
なんでも

笑顔で
パクッ
だよ

三角に尖ったもの
理不尽なこと
とても受け入れられない　いろいろが
ゴムのように
自在に伸びる心の一隅に
いとも簡単に詰め込まれるんだ

楽しくもなさそうな顔で
あなたは言った

心のヒダの奥は
消化液も届かない
太陽光も届かない
ここに飲みこまれたものたちは
かたちを変えることなく
色褪せることなく
居続ける

そして　ときおり彼らは
刺激しあい存在を主張する

その部屋を
あなたはゲストルームと呼び
わたしはブラックホールと呼ぶ

桜

つぎつぎと廻る季節に翻弄され……
でも　桜の季節は特別
桜が咲くと時間が止まる
散りはじめると新しい年がはじまる

たいせつなものが両の手からこぼれ落ちても
桜は咲く
会いたい人を見失っても
桜は咲く

感性を分かちあえるひとが
桜とともに散っていき
狂気がしのび寄るほどに
美しかった桜並木がまばらになった

今年は　その間隙を
たくさんの屋台が埋めていた
なじみのない賑わいのなかで
立ちつくし
方向を見失って
立ちつくし
葉桜になっても
新しい年が始まらない

鳩

鳩が鳴いている
くぐもった声は眠気を誘う

わたしが幼いころ
寺院の山門では鳩のおばさんが大豆を売っていた
木製の丸い小さなお皿に盛られた豆は
仏様へのお供え物のように見えた
母にせがんでなんども豆を買い
鳩を集め

頭や肩に乗ってくる鳥の重さにあとずさりした

時をへて母親になったわたしは
子供をつれて鳩に会いに行った

山門に大豆売りの姿はなく
子供たちはお米を持って
鳩を追い
鳩に追われた
集団は一羽の合図でそろって飛びたっていく

子供たちが成長し　背の高さが私を追い越すころ
鳩の害がこわだかに叫ばれはじめ
餌を与えることはマナー違反となった

街を埋め尽くしたコンクリートは何も吸いこまない
鳥たちが生きた痕跡は土にはもどらない

駅や寺院に
この地のシンボルのように集まっていた
平和の使者たちはいなくなり
彼らは集合住宅から一戸建てに移り住み
今日もわが家で眠気を誘う

落ち葉

一陣の風とともに
玄関に吹き込んできた二枚の落ち葉は
小さな紅い楓
カサコソと音をたてて動きまわり
「今年の仕事は終わりました」と
報告してくれる

ほんのりと赤みのある
ふっくらした冬芽を確認し　来春の段取りを伝えて

ゆっくりと枝を離れる
いにしえの古茜色は
これを模したに違いない……とおもわせる鮮やかさで
落ちてくる

長すぎた梅雨も
暑すぎた夏も
私の憂鬱も
すべてかかえて落ちてくる

マニュアルを違えることなく遂行し
逆境への対応を刷りこみ
一枚のこらず葉を落とす

渡す相手のいない大きな荷物をかかえて
道に迷っている私は
足もとから降りつもる落ち葉のなかに埋もれていく

乾いた大地で

赤茶けた大地に
水のない川がうねる
人の手による緑だけが鮮やかだ

むせかえるような熱気と
無秩序な喧騒のなかで
遠くの地平線に大きな太陽が沈む

共に生きる仲間は思いのほかたくさんいた

牛も
らくだも
ロバも
鹿も
家族だった
ただ
争いを続けるのは人間同士で
象嵌と彫刻に覆われた
息を呑む建物のかずかずは
権力を必要とした歴史の長さを見せつける

きびしい自然のなかで
大きな文明を咲かせたひとびとの
営々と生き続ける熱意と

生活を支配する宗教は
どんなバランスを保ってきたのか
そのひとびとも今は変わろうとしている
ここで旅を終えてもいい

（インド・ジャイプールにて）

後悔

ＮＡＳＡがうちあげたロケットは
月の表面を見せてくれた
火星の表面も宇宙空間も
ずっと昔　お寺の壁にあった地獄の図と
おどろくほど似ていた

科学の粋を集めた宇宙ステーションは
青くかがやく地球の姿を克明に見せてくれた
ここは昔　いくどとなく話を聞いては思いえがいた

極楽浄土であった
　水が流れ
　花が咲き
　鳥がさえずり
　音楽が聞こえる

地獄の中にポッンと浮かんだ浄土であった
ただ〝生きる〟という
至上命題を与えられた生物たちを育み
その生存競争の砂けむりさえ
青い輝きに同化しはるかな歴史をいろどってきた

宇宙のなかに奇跡の星をはなった創造主は
進化のはてに人類をつくったことを

悔いているにちがいない
ひとびとの欲求は赤く渦巻き
点滅しながら
ゆっくり
ゆっくり
海の底まで地獄に変えようとしている

（二〇〇九年十月）

腐葉土

いわないと
わからないことが
いわないまま積みあがる

色褪せた言葉たちが
体内に吸収されることなく
蓄積されて
こころを重くする

外に出してはならない
言葉の幽閉群が
つもった落ち葉のように
下から発熱し
醸成して
いつか腐葉土となって
こころを豊かにしてくれる日が
くるだろうか

それとも色鮮やかな玩具のように
風化することなく
そのまま
そのまま
ありつづけるだろうか

時

戻ることのない時間が
うしろからやってきては　わたしを追い越していく
一瞬……に脅かされ
さらさらとゆき過ぎる風の音も
焦燥の念を残していく

日々あらたに開く一日が永遠につづくと信じていたころ
時間は友達だった
幼い者たちを成長させる追い風であり

その風は挫折や苦悩を吹き飛ばし
時間が成果を運んできてくれた

地球の自転が続くかぎり
新しい一日は開き
公転が続くかぎり
めぐる季節はリセットする
いま　時間は
私のなかに蓄積した人生の破片を
ひとつ
ひとつ
奪っていく
地球はあのときと同じ速さで
回転運動しているのだろうか

丹霞郷にて

北信五岳を一望する高台には
はなやかな春が
視界からこぼれ落ちそうに
咲き誇っていた

ここに至る途中は
りんご畑の白い花街道

黒姫山が見えたら桃の花

剪定されたむだのない枝に
実をつけることを約束された
豊かな深い春の色

道をへだてて菜の花畑

ときどき自由に伸びた枝垂桜
八重咲きの花の重みで枝が垂れているようにみえる

自分を信用しないわたしと
自分しか信用しないあなたと
無心に見あげた山の連なりは……
高い二山は雪景色
あとの三山は春の山

自然の境界線と
ひとの境界線は
入り乱れて押し合いながら
決して交わることはない

車窓

進行方向に背を向けてすわっても
目的地へ運んでくれる電車のように
後ろ向きの毎日を送っていても
時は
確実に前へ連れていってくれる

行き過ぎる風景は
背後からとつぜん現れ
つぎつぎと離れていく
じぶんを囲む山や谷を

正面からうけとめることもなく
全貌が見えないいらだちばかりつのって
時が流れる

立ちどまり
考えることが滞っても
淡々と時は流れる

なんとか前を向いて
なんとか前を向いて

現れ続ける
正解のない問いを
せめて胸のなかに抱きとどめよう

路地の奥で

ひっそりとした
夏の昼下がり
路地の奥に　その神社はあった
お天神さんであそぼ……
合言葉のように毎日かわされた言葉
お砂場の砂は地球の裏側まで続き
三種類もあるブランコは

ときどき　雲に手が届いた
鉄棒は
年長の小学生をスーパーマンにした

紙芝居のおじさんがきた
ポン菓子の車もきた
町内のおばさんたちが
近道のためにお天神さんを通り抜けた

ここは
地球の裏側にも
宇宙にも
大人の社会にも繋がる遊び場だった

盆踊りの浴衣のにぎわいは
ずっとつづくものだと思っていた

いま
子供の声もなく
蟬の声もなく
お天神さんは
閉ざされた駐車場になっていた

夜明け

明日《あした》の朝はくるだろうか
来て欲しい
来なくてもいい
夜明け前の漆黒は
明日《あした》への希望も吸い取り
不安だけが増殖する

今朝の太陽はどこかで足踏みしている
今　南米あたりでカーニバルが行われているらしい

底抜けに明るいお祭りを楽しんでいるに違いない
太陽が東の空に戻ってくるまでに
二、三日はかかりそうだ

明けない夜もある
夜の向こうに
夜が広がり
手探りの指先に触れるものもない
息を殺して際限のない時間《とき》をやり過ごす

すると深い群青に
淡い朱鷺色の混じった一筋の雲が
彼方の山の端を浮き上がらせた

白い大きな息がもれた
たまたま今日は朝が来るようだ
あの深い闇はいつかまた訪れることだろう
年に一度のカーニバルは
最近あちこちで行われる

カタツムリのように

紫陽花が雨に打たれる
小さなミスジマイマイが
葉の裏から触角を伸ばして脇の新芽を窺う
そして上へ上へと移動する

人間もカタツムリのように
後退することができない
いちど手に入れた自由は手放せない
明るい夜も手放せない

静かに　静かに進む海洋汚染も
少しづつ充満する二酸化炭素も
よく解っているのに今が手放せない
経済の歯車が止められない

人工衛星を飛ばして
精細な天気予報が可能になっても
自然災害は増える
宇宙ゴミも増える

カタツムリは着々と仲間を増やして
乾燥地帯でも命を繋ぐ
彼らのように

前進あるのみの人間は
どこへ行くのだろう

時のかけら

あなたは
あらゆる事象を無表情で　呑みこむ
春の慶びも
成長の苦しみも
老いの戸惑いも
なにごともなかったかのように　行き過ぎる
時の輝きさえ深く閉じ込め
あの渦巻くかけらは
今、どこにあるのか

あなたが遊ぶパラレルワールドは
わたしには見えない
膨張を続ける宇宙は素粒子が飛び交う

どんなことも
所詮コップのなかの嵐だなどと
あきらめるのは　まだまだ早いと
カエルは笑う

飲み込んだかけらは
時として奥の壁に突き刺さる
傷ついても
血がにじんでも

つぎつぎと流れくる　歳月に
からめとられ
あなたは　いつのまにか
傷つくことも
傷つけることも　しないと決めていた

遠雷

（大徳寺　玉林院にて）

喧騒をかきわけ
迷路を指示どおりに曲がって
ようやく辿り着いた寺には
雨のなか　紅梅の香りが満ちていた

待合は花の格天井で
客人を飽きさせない

兵糧丸という菓子を携えて

信楽からやってきた茶人は
自作の茶碗で茶を点てはじめた

仄暗い床には白い梅が浮かび
門前の芳香と呼応する
幾多の客を迎え入れた草庵は
雨に……
沈む

歴史をいろどる栄枯盛衰は
片隅の草木にもおよび
隙のない冬の庭はしっとりとやわらかく
不意に強くなった雨音は
遠雷を伴っていた

鍵

指紋認証……で
家族しかあけられない鍵
防犯カメラ
まだまだ安心がほしいと
外出先から戸締り確認
黄色と黒の安全ロープが絡まり
あしもとをしめつける

家のいちばん奥では

常に光っている機器が
年々光を増し
世界中に門戸を開く
鍵のかかった部屋の片隅に
〝どこでもドア〟がついてしまった
ようやく充満してきたプライバシーも吸い取られる

掛け軸の裏側から掘った抜け穴とは
規模がちがうらしい

庭のチューリップにしこんだ隠しカメラは
おしべにからめとられてしまった

ますますひろがる

手の届かない暗闇に
ひとのこころにも鍵をかけはじめた

明日へ

影たちが　長く
ながく　なが━くなって
地球の裏側に届いたら　明日が始まる

そう信じて
家々の影が障害物を乗り越え
長く伸びていくさまを
じっと見つめたのはいつだったか

ビルの影
ずっとむこうの山の影
あらゆる影が伸びて
のびて重なって

その影に纏わりつかれていると
夜が降りてくる
明かりが灯ると
影は音もなく出ていく

年ごとに灯りが増える
家の中も　街の中も
影たちは行き場を失い
一直線に地球を半周してしまうのか

一周してしまうのか
年ごとに一日が早くなり
一年が速くなる

川は流れて

いま　岩陰を走り出した
小さな流れが海に出会うとき
どんな表情をもって渦巻き
海水の仲間入りをするのか

流れ下る川の水は
山奥の一滴を包み込み
決して水にも土にも戻ることのない
ひとびとの生活の澱を浮かべ

そこから噴き出す
不安や後悔を沈殿させながら
ゆっくり
かくじつに
海をめざす

ふたたび雨となって地上に戻るまで
どれほどの歳月を海で過ごすのか

どこまで戻ろうか

まあるい的を
一直線に刺し通す矢のように
循環するこの星のうえで
なんだかヒトだけが一方通行

進化なのか　退化なのか
よくわからない変化は
この星をどこへ連れて行くのかと
考えふかいふりをして

君子蘭の花茎を測ったりしている

この星に住むものとして
してはならないことがつぎつぎと可能になる
核のボタンも
生物兵器も
クローン人間も
増えていく可能に縛られる
護身用のナイフは
ときとして惨劇をうむ

どこまで戻ろうか
ロンドンにガス燈が灯っていたころ
シャーロックホームズの時代がいいな

選択肢

前に進める可能性はあったほうがいい
10％より50％のほうがいい
50％より80％のほうがいい
その目的の場所
そこにたどりつく手段も
一瞬で表示される
いくつもの選択肢が並ぶ
選択肢……
目の前に広がった枝分かれした道を

何をてがかりに選び　捨てるのか

科学が
医学が
教育が
そして社会のシステムが
一日
一日
得意そうに選択肢が増えていく

ようやく一歩進むと
またとほうもない別れ道に出会う
あらたな希望とひきかえに急速に失った

こころの平安を
とりもどすスキルも
だれかがつぎつぎと作成している

切り捨てたたくさんの輝きは
それを上回る後悔となって
重く
日々おもく
背後からおいかけてくる

定石どおりの癒しはなかなかやって来ない
選びに選んだこの道は
じぶんをどこへ連れて行くのか

コーヒーカップ

閉園まぢかの遊園地
コーヒーカップに乗りにいく
今日はピンクの大きな花柄にした
黄色のチェックも
ブルーの鳥も人待ち顔に空いていた

回り始めると
理不尽な遠心力に戸惑う
木の椅子は

そこに座る人の存在を拒絶する
方向と時間が交錯し
きのこのチケット売り場が見えなくなるころ
乗降口に戻ってくる

もう一周まわろうか
このつぎは戻れないかもしれない

遊園地を出ると
東の空に満月に近い月がのぼっていた
光をたたえはじめた月からは
いつもおなじ顔を見せて
動きがとれない不満がしたたり落ちていた
地球さえなかったら……

世界は回り続けないと存在が消えてしまう
危ういものでできている

ねねの寺

小さな楓が
美しい炎になって
しっとりとした苔のうえに燃え広がる
森閑とした深い庭に
湿り気を帯びた炎は音もなく歴史を重ねる

かかえきれない野心を抱いて
戦を続ける彼の男性《ひと》は
溢れる心を置き去りにする

国の有り様《あよう》を変えてみても
満たされることのないこころを嘆く

そんな魅惑のひとを
なんとも軽やかに支え続け
そして……
弔いつづけ
この地の子供たちの母となった女性《ひと》がいた

燃えあがる大阪城の炎を遠望して
何を思われたのだろう

二人を祀る御霊屋の荘厳な蒔絵は
天下人のものではなく

明らかに女主人《おんなあるじ》のものであった

静かな紅い炎は
くる年もくる年も
この地に妖艶な華やかを添え主人《あるじ》を慰めつづける

（高台寺　圓徳院にて）

晴れた日に

窓枠を額縁にして
深い空を背負った山は
今日はとても静かに明るい
青空の絵の具にすこしずつ黄色を混ぜていく
ときに群青色も添えて
無限に表情の異なる緑を作りつづける
それでも　なお
自然と太陽光が織りなす色合いは複雑だ

ひとのこころも無限のベクトルが相互作用する
全方向に伸びる矢印の
力関係が変わる
わずかな気圧配置の変化にさえ左右される

支点の定まらない力学は
答えが出せないまま
つぎのステージを迎える

たんぽぽ

朧月夜になりそうな夕暮れ
菜の花はないけれど
黄色いタンポポが
薄霞のなか　土手一面に張り付いていた

大きな理不尽のなかで
戦うことをやめたとき
降り注ぐ若葉のマイナスイオンが
思いのほか　心地よかった

「置かれた場所で」＊
その場に相応しい花を
咲かせ続けた先人の潔さを
踏み台にして
もがき続けることが……
できなかった

今日もタンポポは
綿毛が風に乗る
綿毛が風に乗るための大きな努力も
共にかるがると新天地をめざす

アスファルトのうえに落ちた種は

朝方の雨で少し流され
側溝わきの割れ目の土にもぐりこんだ

＊『置かれた場所で咲きなさい』渡辺和子著

妄想

歳をとると丸くなるはずの心に
角が立ってきた
抑制し譲ってきたことのいろいろが
理不尽にうつりはじめる

長い年月ののち
いつのまにか涙壷が
いっぱいになるように
何かが満ちてきていた

表面張力で盛り上がった壺は
ささいな一滴であふれ出し体内に滲出する

水槽にインクを落としたように
少しずつ体液を青く染め
シナプスを刺激し
電線がショートして火花を散らすように
あちこちから
星が吹き出してくる

被害妄想の前兆である

丘の上

ありもしない自分をさがして
丘にのぼり
河原を走り
海を渡ったあなたは
紋切り型のつづらをかかえて帰ってきた

チルチルとミチルが
青い鳥に気付いたように
あなたの手荷物から漏れる言葉を

抱きしめてみてください

薄暗がりで不満を唱え続ける自分も
抱きしめてみてください

丘のうえの楓が
色を変えながら
木枯らしのなかを落葉するときには
確かな新芽をさがしてみてください

春

どこで間違えたのか
思い描いた風景にたどりつけない
よそよそしい林と丘がつづく

あのときの角も
その前の三叉路も
標識どおりに進んだはずなのに……

中空には

宵の明星を抱いた
上弦の月が浮かんでいる
どこかの国旗みたいだ

何万年前の姿かわからない
星たちが
輝きはじめた
時間という律義者が
もう一度あの角にもどることを拒む

この林で春を迎えよう

小さな家

小さな森のなかにその美術館はあった
小さな美術館のなかに
その家はあった
木肌そのままに
陽当たりのいい明るい家が……
今にも素朴なドアをバンッとあけて
子供が飛び出してきそうな家

ガリバーになって

小さな家を覗き込む

キッチンが広がり
奥に暖炉が見える
その前に
二つの丸いテントのような
小さなシェルターのような洞穴が口を開け
そこに続く
枕木を並べたような道筋
二本の道はけっして交わることがない
明るい家の家族の軌跡

その彫刻は
前を通り過ぎるひとびとに

おもいがけない安堵をなげかけていた
人生が交錯しない家族のありようも
こんなに明るい

駅

駅に並ぶ列車は
それぞれ
色が違い
形が違い
音が違う
それが行き先を決めている

人生を満載した列車は
駅ですれ違い

交錯し
それぞれの景色のなかに向かう

カーブでバランスを崩した魂は
車両から転げ落ち
菜の花畑で芽を出した

行き先の情景が思い描けないまま
動きはじめた赤い列車に
飛び乗ってしまった
悠然とホームをとびかう
鳩たちに
淡いおもいをのこして

湯気の向こうに

おでんとか
シチューとか
ロールキャベツとか
豚汁とか……
たくさんの生命《いのち》を大きな鍋で煮込むとき
湯気のむこうに
映る私は
いつも黒服の魔女

コト、コト、コト、コト
美味しくなっていく生命《いのち》たちは
出会った仲間と大賑わい
スープの海で乾杯
「上手に作れよ！」
と魔女に喝をいれる

長い
長いあいだ
繋いできた
食物の連鎖を
あちこちで断ち切った万物の霊長たちは
不安の海で
時間の波に揺れながら

なんとか
泳ぎつづけている

あとがき

父が亡くなって半年ほど過ぎたころ、長男が大きな額を車に乗せてきた。お借りしていた物置を空けたいとのこと。三十号くらいありそうな大きさでガラスが入っており、かなりの重量がある。そうだった！　この絵があった。いまとなっては、わたし以外の家族は全員はじめて見る……であろう母の肖像画。一昨年、十三回忌を終えた母は、この絵の存在を覚えていたのだろうか。日本画家の中村世志子さんとおっしゃる方が、母を描きたいと言うことで我が家に通って来られて描かれたものときいている。このかたの個展のおり、わたしは一度だけ観ている。申し訳ないことに四十年以上も放置してしまったが、とくに色褪せることもなく当時の趣きをそのまま残してくれている。しかし、この絵を飾れる場所は見つからない。大きな絵を前にして途方に暮れてしまったが、しだいに母がわたしに人生の決断を促しているように思えてきた。

この数年、長いあいだ交流し、関わってきた大切なかたがたを見送りわたしの周囲も大きく変わった。それと時期を同じくして社会の価値観も変わり、ひとびとの感性までもが少しずつ変質しているような戸惑いをおぼえる日々が続いた。いま、じぶんを見つめ直さないと拠って立つ地盤が崩れそうな危うさも感じていた。そんなおり、母が、もてあましてしまいそうな大きな絵のなかから微笑んでいた。わたしも、あとどれほどの道程が残されているのかわからない場所ではあるが道の駅を見つけたような気持ちになって立ち止まった。そしてじぶんの気持ちを確かめるためにこの二十年程の詩の整理をはじめてみた。おもいつきで書いた拙いものではあるが、その中でじぶんにとって古びていく部分と変わらない部分を確認したかったのかもしれない。読み返してみると成長がないのか、感動も不安もあまり変わっていない。物事に慣れることのない不器用さをかかえて、移り変わる社会のなかを右往左往する姿をなんとか表現しようと言葉を探し続けた日々は楽しかった。

わたしを詩の世界に誘ってくれた友とこころよく迎えてくれた詩人たちには感謝している。ここに送り出してくれた家族への想いもたいせつに生きていけたらと願う。またおもいがけない母の肖像画との出会いと僅かな詩篇を前にして、母が育ててくれた自分にもういちど戻りたいと思った。どこかに置き忘れてきた前向きな気持ちをすこしでも……。

　そして今年の冬は、雪、寒さ、感染症ととても厳しい。つぎつぎと自然の驚異にさらされるこの数年、わたしたちの世代は続く時代に何を残したのかとかんがえながら謙虚に生きていかなくてはならない。

　最後に拙い詩集にお付き合いいただき、わたしのわがままを快く受け入れていただいた砂子屋書房さんに感謝している。

小林由美子

著者略歴

小林由美子（こばやし　ゆみこ）

一九五二年　長野市生まれ

一九七五年　日本女子大学文学部国文学科卒

所属　長野県詩人協会、『長野詩人』『樹氷』同人

中村世志子・画（92×72cm）

詩集　春は……

二〇二二年五月二〇日初版発行

著　者　小林由美子

長野県長野市三輪一一八六―一七（〒三八〇―〇八〇四）

発行者　田村雅之

発行所　砂子屋書房

東京都千代田区内神田三―四―七（〒一〇一―〇〇四七）

電話〇三―三二五六―四七〇八　振替〇〇一三〇―二―九七六三一

URL http://www.sunagoya.com

組　版　はあどわあく

印　刷　長野印刷商工株式会社

製　本　渋谷文泉閣